LA VIE & LES AVENTURES

DE CHARLES MARCHAL DE BUSSY

OU

HISTOIRE

COMIQUE & PITTORESQUE D'UN

MANDRIN DE LETTRES

PAR

UN MANDARIN LETTRÉ

PARIS
CHEZ PLATAUT, ROY ET Cie
15, RUE DU CROISSANT, 15

1868

La Vie et les Aventures de Charles Marchal de Bussy ou Histoire Comique et Pittoresque d'un Mandrin de Lettres

par

un Mandarin Lettré.

60 centimes.

Paris
chez Plataut, Roy et Cie,
15, rue du Croissant, 15.

1868.

CHAPITRE PREMIER

C'est un homme gros et gras. Il a les jambes courtes, le buste assez grossier, la poitrine en avant. Son nez, qui commence à rougir sous l'empire des vices intérieurs, est accolé de deux joues, ou plutôt de deux bajoues saillantes et rougeâtres, qui annoncent la floraison de la peau et l'exubérance de l'alcool. Car il boit, il boit comme un trou, et cette poitrine qui se gonfle et s'irrite sous l'écume bouillonnante des passions, semble vouloir, à chaque instant, craquer de luxure.

Il vous aborde sans vous connaître; il vous prend par le bouton de votre gilet, avec les façons d'un cocher, il vous tutoie comme un palefrenier. Sa parole n'a pas de douceur, mais elle se répand sur vous comme une bave, elle vous salit, et quand cet homme a parlé vous sentez qu'un serpent a passé sur votre visage, que ce regard tortueux vous a enveloppé. Vous cherchez à vous en débarrasser, et fussiez-vous prêtre ou marquis, vous lui jetez vingt francs pour qu'il s'en aille.

— N'est-ce pas ma vieille !

*
* *

Marchal a eu une vie tourmentée pleine de désordres. Il ne doit pas ses maux au hazard de sa naissance, il les doit à son tempérament sanguin. C'est un jouisseur, un égoïste, un être malfaisant. Il fait le mal pour le mal, pour le plaisir de le faire, par méchanceté. Il a fait souffrir tous ceux qui l'ont connu ; il est brutal dans ses jouissances, jaloux de tout ce que font ceux qui l'entourent, haineux pour tous ceux qui l'approchent. Les animaux n'ont même jamais trouvé grâce devant lui. Dans son enfance, il s'amusait à faire souffrir les chats, dont la nature a beaucoup de rapports avec la sienne.

Il m'a raconté lui-même qu'un jour il était allé sur le Pont-Neuf surprendre le secret de ces industriels, qui ont inscrit sur leur crochet ou sur leur boîte : « Tond les chiens, *coupe les chats* et va-t'-en ville, » et que son plaisir était de faire la chasse aux chats pour *les couper.*

Il tendait des piéges aux matous des portières, au milieu de la nuit ; il les prenait, les cajolait, les apprivoisait, et ayant su par un médecin de campagne, comment on leur coupait le grand boyau par derrière sous la queue, il les châtrait lui-même par lubricité.

Il trouvait à cela un certain plaisir ; il gardait les pauvres bêtes quelques mois avec lui, leur apprenait des tours de force en les grattant, en les excitant, en les domptant, il les montrait ensuite aux vieilles femmes comme aux enfants de son quartier pour avoir des petits sous. C'était un véritable spectacle : il leur attachait un bouchon derrière la queue, ce qui faisait faire à ces chats des pirouettes, des tours et des ronds à les rendre fous.

CHAPITRE II

Comment cette nature fauve a-t-elle été engendrée? Sous quelle maligne influence s'est-elle pervertie? C'est difficile à expliquer pour qui connaît l'origine de Marchal.

Charles Marchal est né en 1820, il est le fils naturel d'un des hommes les plus distingués de ce temps, d'un éminent avocat, Philippe Dupin. Je serais tenté de croire que sa mère a menti, si la famille Dupin elle même n'avait prodigué à ce monstre autant de tendresse que d'amitié.

Philippe Dupin voulait le reconnaître dans un moment de faiblesse; mais le frère aîné, le procureur général, s'y opposa formellement. Il devina que sous l'enveloppe de l'enfant, il y avait quelque chose de cynique dont l'expansion pourrait un jour les affecter péniblement. Marchal resta donc avec sa mère et avec la mère Mathieu qui passa pour sa tante, qui se dévoua à lui dans les jours de malheur et n'en fut guère récompensée.

La mère laissa grandir son rejeton presque sans culture, et c'est la mère Mathieu qui subit les phases douloureuses de la vie de la mère et celle du fils.

La joie d'un être comme Marchal ne pouvant être que dans le désordre, la mère Mathieu était trop âgée pour le partager : elle resta au seuil comme un chien auquel on jette à peine un os. Quand tout était dévoré, et qu'au matin la faim frappait à la porte, c'est elle qui allait quémander aux bienfaiteurs, pleurer misère, implorer pardon, et revenir les mains pleines. Il n'est pas inutile de rappeler les largesses des étrangers, par exemple, de Mme Dailly, la femme de l'ancien maître de poste, qu'on tanna pendant un quart de siècle : on peut ajouter c'est que Dupin, le père, et le père Dupin, l'oncle, donnaient, donnaient sans cesse, non à cause des cris, des menaces, des scandales, mais parceque leur bonté naturelle le leur commandait.

Quand c'était jour de Sainte-Touche, quelle fête et quelle bombance ! On fermait la porte à clef, on se cachait, on feignait la pauvreté au dehors, on remuait le sac en dedans, et pour mieux donner le change, on accusait les Dupin de ladrerie, on les circonvenait.. et ils donnaient toujours!

La mère de Marchal est morte depuis vingt ans et sa mort a été exploitée et pleurée par son *infortuné* fils. Elle eut toujours de Philippe Dupin une rente qu'à sa mort on continua à la mère Mathieu.

La mort de la mère de Marchal est un véritable chapitre à ajouter à la danse des morts. Pour enterrer sa mère il fit les démarches nécessaires pour que la famille Dupin en payât les frais, et elle paya. Mais la mère n'était pas encore dans sa bière que l'argent était croqué.

Il fallait pourtant la mettre en terre. Marchal n'était pas embarrassé pour si peu. Le voilà de nouveau qui jette des cris, fond en larmes, joue la comédie sur le cadavre, apitoye les voisins : On fait une quête dans le quartier. Mais au lieu de remettre l'argent aux pompes funèbres, on le remet à ce fils pieux : Il le croqua une seconde fois.

Il fallait enfin enlever le cadavre. L'oiseau de la mort, à l'heure fixée par la loi, vint pour l'emporter : Marchal s'était esquivé : l'Assistance publique fut obligée de faire les frais des funérailles, aux yeux de tout le quartier indigné (1).

(1) Rue de la Santé.

CHAPITRE III

Je ne puis, dans cette esquisse rapide de la vie et des aventures d'un pareil héros, suivre les dates pas à pas. Je groupe un peu le caractère général du personnage pour peindre, avec exactitude et vérité, cette nature aussi mobile que les sept péchés capitaux; mais si je m'abandonne au plaisir de citer les anecdotes qui se pressent sous ma plume, je demande la permission au lecteur de reprendre toujours mon récit où je l'ai laissé.

L'enfance de Marchal fut trop abandonnée pour en faire un homme d'étude. Il n'apprit rien. Mais une imagination ardente se développa chez lui outre mesure. Il n'a jamais fait de classes ; il ne sait ni grec ni latin. Il ne connaît pas les sciences ; cependant, il a fait, non-seulement des romans — mais des dictionnaires de marine, de médecine et des beaux-arts, des livres de théologie et une encyclopédie où toutes les sciences exactes sont à leur place ; je vous demande un peu ce que c'est, ce que ça vaut !

Le talent de Marchal est un talent de reproduction ; il est étonnant, je dirai presque admirable. Il n'a qu'à lire un livre, il le refait. Il prend chaque phrase, il la défait et la refait sans qu'on puisse la reconnaître. C'est un plagiaire de première force, et il a enfoncé les éditeurs les plus malins à ce jeu-là.

Ses premières œuvres se composent de romans. Il y a 25 à 28 ans, quand la mode en librairie était aux volumes dits de cabinets de lecture, format in-8°, à 7 fr. 50, des libraires-commissionnaires, entre autres Dolin et Legrand, commandèrent des romans à Marchal, qui n'aime pas à rappeler ces œuvres à cause des obscénités dont elles sont remplies.

Parmi ces « œuvres littéraires, » c'est le nom dont il les affublait autrefois, nous pouvous indiquer : *Quatre mois en mer*, *les Nuits espagnoles*, *Benedetto*, *Mederic*, *Un grand homme politique*, *le Peintre breton*, *les Mystères du grand monde*, *la Citadelle de Doullens*, *la Dame de trèfle*.

Chacun de ces ouvrages correspond à quelque autre en librairie, dont le succès était jalousé. On faisait une énorme remise aux cabinets de lecture, et c'était une concurrence aux romanciers en renom, comme Méry, Balzac et Frédéric Soulié.

Cette littérature facile rapportait pas mal d'argent à notre drôle et lui donnait l'occasion de se faufiler partout. Il n'y a pas de truc qu'il n'employât pour se produire dans ce monde interlope qu'on appelle de nos jours le demi-monde. S'occupant de tout, comme aujourd'hui, ce monde est une écume dangereuse, plus à craindre que les conspirations d'en bas, à cause de sa perversité.

Marchal, assez répandu dans ce monde, fit ses offres de service à M. Guizot, qui les accepta, et lui fit 500 fr. par mois sur les fonds secrets de son ministère.

Mais l'esprit de débauche emporta Marchal au delà des limites de la bienséance. Il trouva que M. Guizot était un cancre; il lui fallait de l'argent, encore de l'argent, toujours de l'argent; il écrivit à M. Delessert une lettre que je crois vraie et qui s'explique très bien.

Qu'y a-t-il d'étonnant que Marchal, profitant de la terreur qu'inspiraient les légitimistes à la police de 1840 à 1844, ait écrit à M. Delessert qu'il tuerait Henri V pour un million?

Au sortir d'un lupanar et les mains vides, il est capable de l'avoir écrite, mais il est trop couard pour avoir jamais eu l'intention d'en exécuter le contenu

On refusa l'offre de Marchal avec ce sourire de dédain qu'on a pour toute forfanterie; mais si notre assassin de carton eût pris la route de Venise ou de Frosdorff, ce n'eût été que pour en demander autant au prince exilé.

Pour parvenir à ses fins, Marchal tenta de se faire démocrate. Pour exploiter un nouveau genre de librairie et de littérature, il fit une histoire du *Peuple Parisien* et une suite à l'*Histoire d'Anquetil*, assez populaire, je dirai plus, assez canaille.

C'était non-seulement une manière de se poser pour enfoncer un éditeur, mais c'était un moyen d'enjoler la police. Il réussit assez, mais il n'était jamais content.

Il pensa, je ne dis pas à se marier, mais à prendre une femme qui lui permit d'entrer plus avant dans son système, c'est-à-dire lui ouvrir des portes pour arracher plus d'argent encore à ceux qui lui en avaient déjà tant prodigué.

Il rencontra sur les hauteurs du faubourg Montmartre une belle fille, dont il fit le malheur ; musicienne, elle gagnait gentiment sa vie en donnant des leçons ; protégée par la reine Amélie, elle fréquentait un petit monde charmant. Donc, il s'introduisit chez elle, et un soir, après un thé. il se fourra sous le lit. Quand la lumière fut éteinte, il se coucha près de la demoiselle, qui craignit un scandale et se laissa forcer.

Comme elle faisait l'affaire de notre héros, il lui promit mariage et tint parole. Il naquit de cette union un pauvre garçon que nous aurons à plaindre avant d'achever ce récit.

Le mariage de Marchal lui attira de nouveau les bonnes grâces des Dupin aussi bien que de Guizot, mais cela dura peu. Il remenaça bientôt, croyant qu'on aurait peur de lui, et porta ses menaces jusqu'aux pieds de la famille d'Orléans. On le repoussa.

Certes, il faut l'avouer, les orléanistes sont renommés pour leur ingratitude, mais qu'avait Marchal à se plaindre d'eux? La famille d'Orléans avait tout fait pour lui. Pourquoi alors fit-il ce livre odieux contre ses bienfaiteurs, la *Famille d'Orléans*? Ce n'est pas une histoire, ce n'est pas un travail. C'est fait sans talent. C'est la compilation, la reproduction sotte, sâle et bête de toutes les infâmies qui avaient été précédemment publiées contre les d'Orléans, et surtout contre Philippe-Egalité et Louis-Philippe Ier.

Marchal avait pris si peu de précautions pour compiler le pamphlet in-8° qu'il y fit entrer sans commentaire, *in extenso*, des ouvrages condamnés antérieurement, et se mettait ainsi sous le coup de la loi qui frappe du maximum de la peine la reproduction d'un écrit déjà condamné.

Il passa en cour d'assises avec ses éditeurs deux braves garçons qui partagèrent sa condamnation et qui, ne pouvant se faire à l'idée de rester cinq ans sous les verroux, préférèrent s'expatrier. Marchal les avait mis sur la paille. Leur seule vengeance, avant de partir, fut de lui planter des cornes, ce dont il sut prendre son parti. Sa femme aussi se vengeait, et elle avait bien raison. Elle était brisée, son avenir était perdu.

CHAPITRE IV

Je ne veux pas entrer dans les détails qui firent condamner ce livre par les d'Orléans. Mais j'ai besoin de vous faire comprendre avec quel délire Marchal l'écrivit. Il y a des réflexions générales, des phrases qu'il a prises je ne sais où. Cela mérite quelque attention.

« Mazarin, dit-il, était un voleur, Richelieu était criminel. Ils préparèrent en travaillant pour le droit divin et la royauté absolue, la réaction sublime et violente de 1789. »

Autre petite réflexion :

« Les disputes des membres du clergé donnaient alors au monde un nouveau scandale, et prouvaient, avec l'imbécillité des religions humaines, la mauvaise foi des prêtre du culte catholique. »

Mettez ces paroles en regard de celles où il proclame tout jésuite un soldat de Dieu.

Si vous voyiez Marchal quand il écrit, vous le prendriez pour un échappé de Bicêtre. Il boit, il mange, il se gorge de viandes et de vin, il étouffe. Il marche à grands pas, fume, gesticule, embrasse quelque *fille* qu'il a besoin d'avoir près de lui pour s'exciter, et les idées les plus ordurières, les plus libertines qui lui passent par la tête ; puis il écrit au compte de celui qu'il est entrain de salir, tout ce qui lui passe par la tête.

La première moitié de son livre, la partie historique n'est qu'une édition nouvelle des *Crimes des Rois*, par la Vicomterie, arrangée à sa façon. Je ne veux pas vous offrir des citations trop longues, ce serait pénible. Mais je ne puis passer sous silence l'apologie qu'il fait de Voltaire et de Rousseau, qu'il a depuis couvert de sa boue.

Voltaire est, « cet homme si fécond, si spirituel, si malin, si passionné et si souple ; sa verve flexible et sa passion pour le progrès » ne cadrent guère avec les malédictions qu'il a vomies depuis contre ce fléau de l'humanité.

Quant à Rousseau, « quelles théories ! quel courageux et infatigable athlète ! Il souffla une âme au peuple ; il lui donna la conscience de sa force, de sa raison, de son intelligence. Ce philosophe clairvoyant et démocratique, cette âme ardente, élevée et profonde, provoqua, par son génie, la chute du vieux système. Rousseau est digne de la reconnaissance de la postérité. »

Il donne à Helvétius lui-même un brevet de popularité.

En regard de ces apologies, il ramasse toutes les anecdotes les plus impures qu'il trouva sur le régent dans les écrits clandestins de ce temps-là. Clergé, noblesse, monarchie, il crucifie tout avec les expressions d'une crudité sans exemple. Les *Impurs du Figaro* ne sont rien auprès de ces pages crapuleuses. C'est mieux écrit; mais où donc a-t-il copié tout cela.

Tout ce qui se rapporte à Philippe-Egalité a été pillé dans Montjoie. Je n'en dirai rien. Je ne citerai de toute cette histoire que trois mots qui appartiennent à Marchal :

« Louis XVI n'avait pas tardé à se montrer mécontent de la position que l'Assemblée constituante lui avait faite; il trouva que le titre de Roi des Français, le commandement des armées et 30 millions de revenus, n'étaient point des prérogatives suffisantes.

« Rien, pas même le souvenir de son pouvoir absolu, *ne peut l'excuser* aux yeux de l'histoire de ne pas s'être résigné à ce sort heureux. »

Marchal a depuis publié des lettres de Louis XVI, et tellement pleuré sur le roi-martyr que je suis surpris de n'avoir pas trouvé un mot de compassion pour lui en 1845. Loin de là.

« Le peuple, dit-il, prenait une éclatante revanche, mais en se montrant *juste.* »

C'était donc un effet de la *justice* du peuple que la mort de Louis XVI? cela nous semble étrange sous la plume de Marchal.

« Aujourd'hui encore, ajoute-t-il, dans certaines familles, n'enseigne-t-on pas à maudire les noms des Robespierre, des Saint-Just, des Danton, des Marat, comme chefs, comme directeurs de notre révolution? Et, cependant, quels hommes plus dévoués à leur conscience, à leur patrie? »

Lisez maintenant ce que Marchal a publié chez Lebigre-Duquesne sur le même sujet.

Je dois m'arrêter ici ; le reste du livre a rapport au roi Louis-Philippe, et je renonce à citer. Cette partie est faite à coups de ciseaux ; il prend aux ouvrages condamnés, aux écrits clandestins, tout ce qu'il peut et il en coud les passages avec un cynisme singulier. Quand un passage, qu'il emprunte à Louis Blanc ou au *Moniteur républicain*, ne lui paraît pas assez corsé, il l'allonge, il l'aggrave, il ajoute, ou retranche selon les besoins de son récit. En un mot ses citations sont erronées, falsifiées ; c'est un véritable faussaire.

CHAPITRE V

Marchal fut arrêté aussitôt condamné. Il avait toujours en lui cette confiance ridicule par laquelle il se croit capable de toujours se relever.

On avait eu beau, en pleine cour d'assises, l'avilir en lui reprochant d'avoir mordu la main qui l'avait nourri. Rien ne l'émut.

On l'avait présenté comme un *escroc* cherchant à soutirer de l'argent par menaces : eh bien, il se croyait toujours un homme indispensable.

Il espérait d'un autre côté, par sa bassesse, rentrer en grâce, et, par les demandes de sa femme, sortir bientôt de prison.

Comme l'accusation d'escroquerie avait été écartée, et comme il n'avait qu'une condamnation de presse, il fut expédié sur Doullens, prison politique où se trouvaient des condamnés républicains et bonapartistes, auprès desquels il n'eut aucun crédit.

Il eut beau écrire, dire, parler ; il eut beau se faire lâche, promettre obéissance, offrir ses services, on ne pouvait lui pardonner, on ne pouvait avoir pitié de lui, et le mépris de ses compagnons empêchait qu'on pût même avoir confiance en lui.

Il dut subir sa peine, et il la subit pendant trois ans, c'est-à-dire jusqu'au jour où Louis-Philippe tombé, le gouvernement de la République expédia par le télégraphe l'ordre de mettre en liberté les détenus politiques et de presse.

Marchal fut libre comme ses compagnons. Mais il ne se sentait pas à son aise, et aurait bien voulu être à cent lieues de là.

En mettant en liberté les prisonniers de Doullens, on n'oublia pas de payer leur voyage pour revenir à Paris ; c'était juste. Mais comme on ne s'entend guère en prison, comme les haines de partis, de secte, d'opinion sont vives, on ne savait à qui confier la somme nécessaire au retour ; la donnerait-on à des républicains ou à des bonapartistes ?

Un greffier eut la maladresse de remettre le magot à Marchal, qui seul était détenu de presse ; mais les détenus méfiants le placèrent sous la surveillance de deux hommes bien connus, Mathieu et Pornin.

Que fit Marchal ? Pour échapper à la surveillance de ses deux anciens compagnons, qui le suivaient partout, il se leva dans la nuit, et résolut de les empêcher de le suivre.

On sait que Mathieu et Pornin avaient chacun une jambe de bois, Marchal enleva le haut des jambes de ses compagnons, et quitta l'hôtel avec les 600 francs, dont il était dépositaire, prit la voiture pour Amiens et arriva le premier à Paris.

Pour peu qu'on veuille vérifier le fait, il n'y a qu'à consulter les journaux du temps, on se souvient, du reste, que les détenus politiques n'arrivèrent à Paris que deux jours après la révolution du 24, et que le gouvernement provisoire eut le temps d'organiser sans eux la République dont ils eussent été les maîtres.

Marchal, lui, ne parut nulle part, quoi qu'en disent certains biographes, et nous ne le retrouvons que quinze jours après, quand les bonnets à poil donnèrent le signal de la réaction.

CHAPITRE VI

Notre héros ne fut témoin de rien, et il eut peur. Cela ne l'a pas empêché depuis de publier des récits sur Février. Nous en parlerons tout à l'heure, comme des farces d'un poltron.

On ne pensait, du reste, pas à lui, quand un beau matin, le 16 avril, on cria dans Paris : *Le Conservateur de la République*, par Charles Marchal.

Ah ! là là ! Marchal conservateur de la République : Est-ce possible? Qu'y a-il là-dessous ? Le *Conservateur* promet à ses lecteurs des manuscrits inédits d'Alibaud. Qu'est-ce que cela veut dire?

Le dessous des cartes ne fut pas long à connaître. Le journal avait ses bureaux, rue du

29 Juillet, dans les appartements d'un avocat assez renommé, chez Charles Ledru, qui avait été rayé du tableau et qui, peut-être, voulait se venger. Ledru avait été le défenseur d'Alibaud, et,en jetant à l'avidité du public, l'annonce de l'apologie du régicide, on croyait épouvanter les uns et piper les autres. Il n'en fut rien. Le *Conservateur de la République* n'eut que seize numéros, et ne servit qu'à manger l'argent de ce pauvre Ledru, qui finit par devenir fou.

Marchal disparut; on ne le voyait nulle part. Il faisait chaud. Il fut pourtant à l'envahissement de la Chambre au 15 mai; car le lendemain il fit mettre dans quelques journaux que, « pour sa belle conduite, il allait être nommé secrétaire général de la préfecture de police. »

Pour se faire la main, ou plutôt pour garder son faire et ne pas se laisser oublier, il publia des brochures aux environs des journées de juin. Nous avons encore présent à la mémoire celle : *Du pain au peuple.* Mais ces brochures ont besoin d'une mention à part, et nous allons les fouiller tout à l'heure.

Revenons aux journaux.

A la fin de juin, il publia la *Presse républicaine*, dont le but caché était, quoiqu'il s'en défendît, de surprendre les abonnés de la *Presse* de Girardin qui était sous les verroux.

La *Presse* de Marchal avait un air de parenté avec le *Conservateur* dont nous venons de parler. Faire un journal fut toujours pour lui un moyen de battre monnaie, d'encaisser des abonnements, de *lever* 6,000 francs par mois sur les niais et de se faire des rentes sans payer ni papier ni impression.

La Presse de Marchal, paraissant après l'insurrection de Juin, eut un programme de circonstance.

« *La Presse républicaine*, dit-il veut l'ordre et la liberté. Conserver la République dans notre patrie bien aimée ; travailler à rendre cette République sainte et forte, tels sont nos plus chers vœux !

« Les rédacteurs de la *Presse républicaine* ne sont pas des hommes du lendemain ; ils étaient républicains sous la monarchie, quand il y avait du péril à l'être...

« Le pouvoir émane du peuple ; il faut le faire servir au bonheur du peuple. Les rédacteurs de la *Presse républicaine* veulent l'union entre tous les enfants de Dieu ; ils veulent l'*amour* ; ils prêchent la *vertu*, ils sont les apôtres du dévouement.

« Plus de luttes, *frères* ! plus de combats ! aimons-nous et nous serons grands : aimons-nous et nous serons forts; aimons-nous et nous serons heureux ! Amour ! amour ! il n'y a que cela de vrai, de beau et de bon en ce monde.

« Homme,... applique les principes sacrés de l'Evangile et de la Révolution. Tels sont les vœux et les espérances des rédacteurs de la *Presse républicaine*, et ils y seront attachés jusqu'à leur dernier soupir. »

Ce jour-là je rencontrai Marchal avec un vieux tailleur auquel il refilait quelques pièces de cent sous, pour lui *lever* des petites giletières. Ils allèrent chez un mentzingue de la rue du Roi-de-Sicile, travailler au bonheur commun, prêcher la vertu et faire amour, amour. Quand au dernier soupir de Marchal pour la République, il ne tarda pas à le lâcher.

CHAPITRE VII

Les journaux d'essai que Marchal avait lancés sans succès, ne le décourageaient pas. Il tenta une nouvelle feuille en août 1848, sous le titre *la Fraternité*, journal démocratique et socialiste qui n'eut qu'un numéro : Il planta là la chose ; l'idée était mauvaise pour lui. Il se retourna du côté des brochures.

Comme il avait publié du *Pain au peuple*, sans qu'on l'écoutât, il crut que son titre n'attirait pas assez l'attention : il fit le *Cri de Misère*, « par Ch. Marchal, républicain de la veille, affamé du lendemain. »

Pour justifier sa faim et ses cris, cet homme, dont la luxure suinte par tous les pores et la face rubiconde fait envie à tous les mendiants, dédie sa brochure à M. Berryer :

« J'étais ruiné comme tout le monde, s'écrie-t-il. Je serais mort de faim depuis longtemps sans quelques amis, bonnes âmes de la veille et du lendemain, parmi lesquels un membre de l'assemblée nationale qui siége à droite, homme de génie et homme de cœur, qui n'a pas barbouillé les murs des mots Liberté, Egalité, Fraternité, mais qui a l'âme du Christ pour les pauvres. »

Les pauvres, c'est lui.

« C'était fin juillet, mois douloureux ; ma pauvre mère venait de mourir de misère et de chagrin ; ma tante, ma sœur, râlait son agonie sur le grabat d'un hôpital.,. Le peuple a faim ! le peuple a faim ! »

Or, sa sœur n'a jamais existé.

De quoi était-il donc victime, ce repu, et quelle était sa faim ? Ch. Ledru étant épuisé, Berryer ne donnant pas assez, il fallait frapper à la porte de ceux qui avaient le sac. Le vieux tailleur dont je viens de parler allait pour lui à la rescousse. Ce vieux pousse-cul sale, mal peigné, avec des bottes éculées, avait connu Marchal en prison. En se présentant chez les aristos, il se donnait comme un démoc converti et faisait de Marchal un éloge à tout casser. Les pièces de vingt francs abondaient, et on faisait des bombances. Voraces, gloutons, baffreurs, ils vidaient les pots aux barrières sans oublier de dresser l'oreille aux mauvais propos pour ne pas être mal avec la police. Et quand ils étaient saouls à rouler, ils criaient misère et désespoir.

« La misère flétrit le cœur de l'homme,

s'écriait Marchal, elle s'acharne après nous, elle nous opprime, elle nous avilit, elle nous tue. »

Et comme on ne s'occupait pas de lui, ni rue de Jérusalem, ni chez les démocs, il eut voulu le martyre :

« Autant que tout autre, celui qui écrit ces lignes est accablé par l'infortune. La misère a tué quelques-uns des siens, de saintes âmes s'il en fût ! En lui rendant la liberté, les membres du gouvernement l'ont voué à la mort, lui et les siens, à l'horrible mort de la faim ! »

Je cherche *les siens* : il n'en a pas, et quand il roule comme un goinfre aviné, il appelle ça *mourir de faim*.

Un jour sa femme, sa vraie femme, qu'il rencontra dans une promenade, lui demanda si, en ce moment, puisqu'il gagnait tant d'argent, il ne pourrait pas l'aider.

— Pourquoi pas, fit Marchal, je cherche une femme pour coucher avec moi ce soir. Viens, si tu veux, je te donnerai ce qu'il te faut.

L'autre accepta...

Le lendemain quand sa femme voulut partir, et qu'elle demanda de lui donner une centaine de francs, Marchal ouvrait nonchalamment un tiroir, fit reluire aux yeux de sa malheureuse et légitime épouse *quatre mille francs* en écus :

— Et tu crois que je vais te f..... un sou ?

Il ouvrit la porte et la chassa.

CHAPITRE VIII

Ce singulier défenseur de la famille avait connu, du temps qu'il était aux gages de M. Guizot, plusieurs diplomates qui, en revenant sur l'eau après la république, n'étaient plus au courant des intrigues révolutionnaires.

L'un d'eux, M. de Corcelles, envoyé, en 1847, à Rome, eut besoin d'un agent pour surveiller dans Rome les Romains assiégés par nous. On lui recommanda Marchal et il l'emmena avec de bons appointements. Marchal fut donc à Rome avec Garibaldi, Mazzini, Canino et toute la république romaine : il baragouinait un peu l'Italien, mais pas assez pour faire de brillantes affaires.

A la prise de Rome, il dut s'enfuir ; mais je ne sais comment, pendant la traversée, quelques Italiens qui revenaient à Gênes en même temps que lui, s'aperçurent qu'il prenait des notes et écrivait contre eux.

Ils voulurent lui faire un mauvais parti, et ils allaient l'exécuter, quand mon Marchal, qui, voyait le coup monté contre lui, n'attendit pas qu'on le débarquât; il sauta à l'eau et se sauva à la nage. Il ne garda sur lui que le brevet d'un ordre italien, qu'il n'a jamais porté, du reste, mais qui lui fut bel et bien donné par Charles-Albert... en récompense de bons et loyaux services pour la cause de l'Italie !

Revenu à Paris, fier d'avoir *aidé* M. de Corcelles, et frappa à la porte du duc de Mortemart et de la duchesse de Sainte-Aldegonde; et les tapa de *quatre-vingt mille francs*, sans compter ce que billèrent d'autres personnages pour la fondation d'un journal scandaleux, intitulé l'*Ami du peuple.*

Cette feuille, que l'on ne peut pas toucher avec les doigts, est un véritable monceau d'ordures.

Les bureaux étaient rue d'Enghien. Les collaborateurs étaient, — j'ai honte d'écrire ces noms, — Beliard, A. Lucas, René de Mortemart, Nicol de Kergrist: Le gérant, F. de Lacombe. Il parut 112 numéros.

L'orgie, la basse et vile orgie, s'étala sans mesure dans les bureaux de l'*Ami du Peuple*, où Marchal avec deux ou trois truands de son espèce passait les nuits dans la plus crapuleuse débauche.

Disons tout de suite que les fondateurs de l'*Ami du Peuple*, les collaborateurs que nous venons de citer, ne savaient rien de ce qui se passait. On s'était emparé de leurs noms comme d'un drapeau, mais ils ne mirent jamais les pieds rue d'Enghien.

Un jour ou plutôt une nuit, Marchal, en compagnie de ses fangeux accolytes, voulut se donner le luxe d'un souper cynique comme on en voit peu. Deux ou trois malheureuses jeunes filles, créatures dissolues, ornèrent cette saturnale.

On but, on mangea, on se reput de minuit à quatre heures du matin. La soulographie fut complète. On se roula sans pudeur, aux yeux les uns des autres; on s'excita aux plus brutales nudités.

Le lendemain, quand l'une de ces pauvres petites (faut-il la plaindre?) revint chez elle, pâle, défaite, malade, elle ne voulut rien dire; elle étouffa ses douleurs. On l'interrogea; elle finit par avouer, et son père porta plainte. Marchal fut arrêté avec ses complices. Ils passèrent en cour d'assises sous la prévention de viol. Ce fut un cri d'horreur quand on écouta l'acte d'accusation. Il n'y avait pas moyen de nier. C'était patent.

Le défenseur de Marchal fut habile; il put faire ressortir ceci, que *rien n'avait été fait entre eux que de leur consentement commun*; qu'ils étaient venus-là, hommes et femmes, pour une débauche préméditée; qu'il n'y avait pas de viol; que rien n'avait été public; qu'ils étaient libres chez eux, et que la loi n'avait rien à y voir.

Grâce au dévouement, — c'est plus que du dévouement, — d'un homme que je ne nommerai pas, mais qui vint faire aux jurés l'éloge de Marchal, les jurés renversèrent l'accusation, acquittèrent Marchal, qui échappa ainsi à vingt ans de travaux forcés.

CHAPITRE IX

Ce coup fit du moins réfléchir notre héros, mais ne le guérit pas. Lancé dans la réaction, il ne sut pas s'arrêter, il voulut, au contraire, forcer les portes et s'imposer. — Mauvais truc qui a réussi à des hommes solidement trempés, mais qui doit casser les reins aux gens qui ont, comme dit le proverbe, plus de gueule que d'effet.

Son nom commençait à devenir odieux et impossible. Comme écrivain, n'ayant réellement aucun talent littéraire, il fatiguait. Il y a, en effet, quelque chose d'insupportable à à le lire.

Il crut de bonne guerre, pour se *réhabiliter*, 'accuser les communistes de s'acharner à ui. C'était la faute aux communistes s'il avait passé en cour d'assises. Il pleurait, se plaignait, s'adressait à cette bonne pâte d'hommes dont le faubourg Saint-Germain est criblé, qui ont peur de tout, et auxquels on arrache de l'argent pour les sauver bon gré, mal gré, de leurs terreurs imaginaires. Marchal s'en faisait des bosses, des bosses à n'en plus finir. Et pour prouver *son courage* en face de la révolution *menaçante*, il fit une sale brochure intitulée : *La fin de la République.*

Le livre ne valait pas la peine d'être lu ; mais le titre seul valait son pesant d'or. Il le colporta dans tous les hôtels, fit peur à tous les concierges, les menait chez le mentzingue, leur tapait sur le ventre et les embrassait.

— N'ayez pas peur, criait-il ; je connais les rouges ! J'ai mes hommes... Je viendrai vous défendre au besoin, les armes à la main. Mais il faut que le baron ou le comte achète pour sa part un cent de mes volumes : c'est pour calmer les esprits. Dis-lui de me donner un billet de mille... et toi, ma vieille, je te donnerai des volumes et tu les revendras. Tu n'as pas 100 francs ?

Et il tapait les portiers.

Marchal fut condamné au maximum. C'était inévitable. Il se défendit à peine, laissant passer l'orage.

Le lendemain de sa condamnation il prit des mesures pour ne pas être arrêté. Ce n'est pas que la police eut bien l'envie de le coffrer ; ce n'est pas possible. Mais la magistrature qui ne raisonne pas toujours comme ses auxiliaires de la rue de Jérusalem, voulait l'exécution immédiate de l'arrêt. Quand je dis la magistrature, je mets de côté les Dupin qui ne s'occupaient de Marchal que pour répondre à ses infamies par des bienfaits.

Notre héros se cacha, c'est-à-dire qu'il changea presque chaque jour d'adresse, choisissant da préférence le doimicile des femmes qu'il avait connues depuis trois ans.

Les procès de presse étaient nombreux, en ce temps-là ; il pleuvait des brochures comme aujourd'hui. Un ami, pardon du mot, un ami de Marchal, avait quelques mois à faire et on le cherchait aussi. Cet ami était précisément celui dont la parole audacieuse avait *lavé* Marchal devant le jury, dans l'affaire de viol dont nous venons de parler.

Par un hasard singulier, notre héros tomba, un beau soir, au domicile d'une femme chez qui l'*ami* s'était installé, pour ne se constituer prisonnier que quand il lui plairait. Cela ne faisait pas l'affaire de Marchal, qui envoya immédiatement à la préfecture de police, une note si pressante et si précise que l'*ami* fut arrêté le soir même, et que Marchal revint à minuit consoler la veuve éplorée.

CHAPITRE X

Une des œuvres les plus *importantes* de Marchal, c'est le *Livre de la Famille*. Je dis *important* pour lui. C'est avec ce livre qu'il a *tapé* les aristos de 1849 jusqu'aujourd'hui ; c'est ce livre qui l'a aidé à se faufiler partout.

Il le porte à la *Rue de Poitiers* ; mais Marchal était trop brûlé avec les malins pour avoir accès près d'eux. On l'évinça.

N'était-il pas comique, en vérité, de voir ce roublard de première force parler de la famille, quand il n'en eut jamais et n'en aura jamais ?

Comment prendre au sérieux les doux rêves, les poésies infinies, le banquet domestique, la voix des enfants et celle des aïeux, entre les dents d'un bougre qui n'a jamais eu de foyer ?

Un vieux procureur qui avait donné sa dèmission en 1848, et qui faisait partie du comité réactionnaire de la rue de Poitiers, ayant reçu, comme membre du comité, la visite de Marchal, resta stupéfait en le voyant entrer chez lui. Interdit, il l'écoute ; il se croise d'abord les bras devant son audace, et quand Marchal eut fini sa harangue :

— F...-moi le camp, gredin ! Ah ! tu me prends pour un pante ? Attends, attends ! je vais t'en donner des « Pères, soyez bénis, des festins qui fument et des chastes maisons ! » Tu crois que j'ai oublié ta figure? Mais voyez donc le toupet de cet homme que j'ai fait mettre au clou pour débauche, et qui vient me dèmander d'acheter sa morale ! Toi, un défenseur de la religion, de la famille et de la propriété ? Nom de Dieu ! va-t-en chez tes calotins, ils sont si bêtes !

Pour faire son *Livre la Famille*, Marchal a acheté une collection de sermons chez l'abbé Migne, qu'il a mêlés à des petits livres d'économie sociale ; il a tapé et retapé le tout ensemble.

C'est par là qu'il est devenu catholique, apostolique et romain, et qu'il a réussi à enfoncer l'un après l'autre tous les catholiques béats.

Ce qu'il a exploité d'imbéciles en ce genre est inouï, et en faisant défiler devant vous le récit de tant de turpitudes, je ne veux pas me moquer d'une opinion quelconque, mais je veux vous faire toucher du doigt l'audace de cet être pervers.

Je n'analyserai pas ce volume in-8°. C'était le temps où le mot de communiste servait à épouvanter les moineaux. Mais au fond de toutes ses diatribes on sent toujours le mobile, la ficelle du métier.

Comme, en définitive, Marchal s'adresse au prêtre aussi bien qu'au riche pour débiter sa marchandise, il s'écrie :

« C'est au prêtre, au vrai disciple du Christ, à pénétrer dans la chaumière du laboureur, dans l'atelier de l'artisan, dans la cellule du prisonnier et à *leur dire ces choses.* »

Leur dire ces choses! Marchal, professeur de morale! Voilà le prêtre qui prend des leçons de Charles Marchal!!! C'est bouffon, direz-vous? Non, cela fut sérieux.

CHAPITRE XI

En ce temps il fit connaissance de Chenu. La notoriété de Chenu portait ombrage à Marchal. Mais comme Caussidière avait parlé d'eux dans ses *Mémoires*, cela les rapprochait. Ils vont bien de paire, au surplus. Le premier livre de Chenu, *les Conspirateurs*, était l'histoire fantastique de la Préfecture après février, et Caussidière ne s'était pas relevé du ridicule étalé dans ces pages, dont M. Chenu est le père, sans en être l'auteur.

Les choses de Février n'étant pas éteintes, Marchal eut l'occasion de publier une brochure intitulée : *Pillage!.. Incendie... Neuilly. — Fevrier* 1848.

Ce que l'on sait, ce qui est vrai, c'est qu'on brûla quelques chaises, on brisa quelques portes et qu'une douzaine de pochards de garde au château de Neuilly, s'avisèrent un jour de descendre dans les caves et d'y boire à tire-larigot. Quand on les chercha, ils étaient endormis près des bouteilles. De cette simple pocharderie, on a fait des scènes de carnage, de dévastation et d'incendie, et Marchal fit sa brochure avec gravité.

Chenu, ayant eu la même idée et n'ayant plus son copin pour l'écrire, alla trouver Marchal, l'engagea à ne pas mettre en vente sa brochure pour en refaire une ensemble sur cette histoire de Neuilly.

Ils s'installèrent donc chez Chenu, qui demeurait alors rue des Rigoles, entre Belleville et Ménilmontant. Là, ils firent amener sous une tonnelle une feuillette de vin qu'ils burent à eux deux. Cela dura trois jours ; ils buvaient dans de gros verres à anses, et quand une cinquantaine de pages furent complètes, Marchal demanda de l'argent à Chenu.

— Je sais ce que m'a dit Bénard, fit Marchal ; si je ne me mets pas en règle avec toi, tu diras que je n'ai rien fait de bon, que je ne suis qu'un propre à rien, que tu m'as gorgé, et que tu as été obligé de tout refaire. C'est moi qui serai *refait* : pas de ça ou je dis tout.

Chenu dansa sur une jambe avec un air finaud.

En le reconduisant, dans ces endroits écartés, où l'on pouvait si bien vous étrangler, il y a vingt ans, sans qu'on l'entendît, Chenu laissa échapper des menaces. Marchal n'était pas trop rassuré : au détour d'une ruelle il crut voir Chenu rouler sous sa veste un vieux couteau rouillé. Il éleva la voix comme tous ceux qui ont peur.

— Tu veux crier, fit Chenu avec sa voix de fausset; tu as tort. Restons amis, vois-tu, c'est plus prudent. Si tu ne dis rien, je te promets de ne pas te faire arrêter. Allons, va-t-en.

Et au détour de la rue de Paris, ils burent chacun un moos que Chenu voulut bien payer à moitié.

L'histoire du *pillage de Neuilly* se trouve donc dans les cinquante premières pages du second volume de Chenu, intitulé : *Suite des conspirateurs*. De son côté Marchal, rageur, lança sa brochure, qui était prête depuis huit jours.

Eh bien, je dois le dire à la honte du public de ce temps. « Ces forfaits exécrables » n'ont jamais existé que dans l'imagination et sous la plume de Marchal. — Et on l'a cru !

Ecoutez bien cette histoire. C'est Marchal qui parle.

« Le château de Neuilly n'est plus. Tout est ruines ; on voit que le vent mortel des révolutions a passé par là !...

En effet, qu'est devenu le château de Neuilly? Est-il toujours debout ?

« A la place de cette habitation, naguère encore splendide, si charmante par son architecture et par les richesses artistiques qui l'ornaient, et qui furent profanées, anéanties par la rage infâme des vandales socialistes, des peaux rouges de la démagogie, on ne voit plus que des murailles lézardées, noircies par la fumée du criminel incendie. »

Ne dirait-on pas un lugubre passage emprunté aux *Ruines* de M. de Volney?

Et que va-t-on trouver parmi ces ravages, « au milieu des souillures honteuses de la *vile* multitude des athées, des *frères et amis* du pillage, de la débauche, de l'orgie, des démocrates socialistes, des bêtes féroces de l'émeute déchaînée contre la propriété?

« Caussidière.... Louis Blanc. »

Je vous donne ces passages, lecteurs, comme un modèle du style que la débauche enfante dans des cerveaux avinés. Nous qui avons vu tout cela, nous en sommes stupéfiés. Cela nous revient comme un rêve, et nous nous croirions sous l'empire d'une hallucination continue, si nous n'avions vu cet enfantement de cerveaux en délire se renouveler depuis un mois dans les numéros de l'*Inflexible*.

Pour vous, lecteur bénévole, je vous prie de regarder tout cela comme un roman obscène, comme une gravure défendue que l'on se passe de mains en mains pour se guérir de la lubricité même.

Marchal, par comparaison de nature, a des affinités avec M. de Sade. Il n'écrirait pas *Justine*, il en ferait la doublure.

Il faut l'imagnination cynique, ordurière de Marchal pour inventer un fait comme celui-ci :

« Des scènes d'une obscénité révoltante se renouvellent ici encore. Une des femmes ivres, présentes à ces saturnales, se lève, ses cheveux sont épars, ses vêtements *empruntés* à la garderobe des princesses, sont en désordre et la couvrent à peine. Elle s'appuie contre une pièce de vin et invitant tous ces hommes à un acte d'une épouvantable fraternité qui s'accomplit au milieu des plus bruyantes clameurs. »

C'est d'un cynisme révoltant. Marchal a dû se regarder dans une glace pour écrire ces lignes.

Le but à atteindre était *Caussidière* et *Louis Blanc*, comme Marchal l'afficha dans sa brochure. On n'oublie pas de traiter Ribeyrolles de forçat. On visa aussi Porain, ce pauvre diable, qu'on peignit enfonçant sa jambe de bois dans les caves du château inondées de vin.

C'est un roman véritable, une pochade sinistre, un haut-de-cœur du dernier dégoût. Je ne vous en servirai pas grand chose; mais il y a de ces petits passages d'un haut comique qui sont des hors-d'œuvre assez intéressants.

« A côté de ces noms flétris par la justice du pays (Caussidière et Louis Blanc), et jugés irrévocablement infâmes par la conscience publique indignée, il y a, frappant contraste, et comme pour faire oublier aux *saintes ruines de cette pauvre demeure*, la honte et le déshonneur de ces deux noms révolutionnaires, il y a de douces paroles venues du cœur, plaintives comme les derniers gémissements et qui rappellent ces pieuses légendes gravées sur les tombeaux !... »

Mais pourquoi, direz-vous, l'auteur de la *Famille d'Orléans* s'apitoye-t-il sur ces *saintes ruines*? Pourquoi? Pour monter le coup à quelques imbéciles d'orléanistes et faire la noce au château.

Dans ces moments-là il y a deux choses qu'il n'oublie jamais. C'est de se faire passer pour un brave et de lancer ses filets pour recueillir des renseignements.

Voici sa bravoure :

« Il est bon d'arrêter l'esprit du peuple sur les excès, sur les crimes commis en son nom par la populace, par la canaille, par ces brigands vicieux qui n'ont plus rien de sacré, qui n'ont plus rien d'humain, qui ne respectent plus rien, et que nous tuerons comme des loups qu'ils sont, s'ils font mine de vouloir nous dévorer !... »

Ne craignez pas que jamais Marchal tue personne ; il a la vue trop basse. Ne craignez pas non plus qu'on le mange... Oh ! non.

Voici ses piperies :

« Comme nous voulons travailler sincèrement, activement à l'*amélioration morale et matérielle de la condition des classes populaires*, nous recevrons avec beaucoup de reconnaissance des ouvriers les renseignements qui nous seraient adressés sur tout ce qui intéresse les questions morales, politiques et sociales. »

Il y a tant de sots à *lever*, que Marchal aurait voulu tenir boutique.

CHAPITRE XII

Par des considérations de police que les affaires du temps nécessitaient, on laissait vaguer Marchal dont on tirait ce qu'on pouvait. Mais le parquet ne raisonnait pas ainsi. On lança un mandat dont on chargea indirectement un commissaire de police. Marchal le sut par des agents et fila.

Pour passer la frontière, moins facile en ce temps qu'aujourd'hui il employa un moyen dont il a pris depuis l'habitude, c'est de se déguiser en ecclésiastique.

Un prêtre lui prêta des habits et l'accompagna même au visa des passeports. Sa face rubiconde qui pue la luxure, dut faire faire de singulières réflexions aux préposés de la frontière. Il récitait son bréviaire, se couvrait de signes de croix, et prenait des airs de Tartuffe à épouvanter les prêtres eux-mêmes, s'ils ont pu le remarquer.

Arrivé à Bruxelles, il vendit une édition de sa brochure *Fin de la république*; il épuisa bientôt tous ses trucs et fut forcé d'aller faire du journalisme à Anvers et à Gand.

Tout ce que je me rappelle c'est qu'à ces deux endroits il crut devoir brouiller le ménage des imprimeurs qui le recueillaient et lui offraient la table et le lit au nom de la religion, de la famille et de la propriété.

La conduite de Marchal fut si odieuse ; il amusa son exil d'une façon si scandaleuse pour cette bonne Belgique catholique, il afficha une impudeur et une intempérance telles, — qu'au bout de trois mois on le chassa. Il crut lui-même plus prudent de revenir à Paris que de rester là-bas. Il les avait du reste assez bien étrillés.

Il reprit une soutane, repassa la frontière et s'en vint demander de purger sa contumace dans les prisons de Paris. Il trouvait simple que pour un pamphlet contre la République, on le graciât le plus tôt possible et il se constitua prisonnier dans cette espérance.

Pour que les jours fussent moins longs et son travail lucratif, il emporta avec lui de la besogne. Il s'entoura de gens disposés à des opérations véreuses, sur la discrétion desquels il pouvait compter *par le partage des bénéfices*.

Une de ses victimes en ce genre, fut Béscherelle.

Marchal travailla un moment à son *Dictionnaire de la langue française*, à coups de ciseaux, et s'introduisit dans son intimité. Bescherelle était plein de défauts et de dettes. Marchal se chargea de l'enfoncer jusqu'au cou; il lui fit souscrire des sommes considérables qui furent escomptées.

Les juifs voyant « Bescherelle, bibliothécaire au Louvre » travaillant à une œuvre *sérieuse*, s'emplirent les mains de billets. Rien ne fut payé à l'échéance, et Bescherelle fut sans doute la dupe d'escompteurs acharnés à sa perte, car il fut obligé de quitter le Louvre, de donner sa démission et de partir pour l'étranger.

Ce fut un des plus beaux coups de Marchal, il s'y fit la main, et ce genre d'opérations lui a toujours réussi depuis. Elles n'ont pas de caractère frauduleux puisque Marchal travaille et ne reçoit qu'en billets la rémunération qui lui est due.

La vertu catholique a eu plus d'une fois des onguents pour ses compères et pour lui. Je suis sûr qu'on retrouverait la main de notre homme dans la banqueroute de l'abbé Ciergeau. Je parierais presque qu'il a aussi barbotté dans les affaires de Martin Beaupré. Un écrivain catholique qui reçoit des billets d'un Mouchic et qui les passe à un libraire cela n'a rien que de naturel. A l'échéance on ne paye pas, on ne retrouve pas le Mouchic et Martin Beaupré est en faillite : cela n'a rien que de naturel : le Code de commerce ne le défend pas.

A force de se brûler, Marchal comprit qu'il finirait par sentir le roussi et qu'il ne pourrait plus rien faire. Il avait beau demander sa grâce et fait *tout* pour cela, rien ne venait. La République s'en était allée, et Marchal était resté dedans, triple dedans. Et puis Marchal, toujours Marchal, ça s'usait.

Il demande un jour à un de ses voisins, venu à la Conciergerie pour un délit de presse, le moyen d'obvier à ces inconvénients.

— Change de nom, fit le compagnon.

— Lequel prendre ? répliqua Marchal.

— Celui de ton pays.

— Je n'ai pas de pays, je suis de Paris ; Paris c'est le pays de tout le monde. Je suis né rue de Bussy.

— Prends Bussy !

L'orthographe du nom a changé : on écrit maintenant rue de Buci, et selon l'ancienne orthographe, M. Charles Marchal s'appela désormais Charles de Bussy.

CHAPITRE XIII

La prison des détenus de presse n'est pas dure. On les regarde comme des princes et l'administration a toujours été pour eux d'une bienveillance absolue. Si quelques-uns ont été *serrés*, c'est qu'ils l'ont voulu. Proudhon sortait quelquefois, les fils Hugo assez souvent ; Neffizer et d'autres quand ils voulaient ; Marchal ne sortait pas parce qu'il se serait sauvé une seconde fois. Mais il eut toutes ses aises à Sainte-Pélagie comme à la Conciergerie. Condamné à plus d'un an, on pouvait le mettre à Belle-Isle et malgré toutes ses escapades, on eut pitié de lui.

Sa prison fut longue et sa fureur concentrée éclata souvent. Il écrivait au préfet de police contre le parquet ; il écrivait au parquet contre la police ; il se confessait au prêtre de la prison, et il communiait pour lui faire demander sa grâce; il écrivait au ministre de la justice contre le prêtre : c'était un cercle d'abominations à déconcerter le plus courageux. Le diable en riait.

Ce qu'il usa de papier pour demander officiellement sa mise en liberté est inoui ; ce qu'il en usa pour *tâcher de l'obtenir* en-dessous, est plus fabuleux encore. Il n'y a pas de vilenies qu'il n'ait commises contre ses compagnons de geôle et même contre les geôliers pour exciter, je ne sais quel sentiment de compassion en sa faveur. On ne le croyait pas, ce n'est pas possible, car sa fourberie était trop notoire; mais obligée de prêter l'oreille à tous les bruits pour en démêler les bons, la police écoutait, lisait, haussait les épaules et jetait tout au panier.

Un jour il monta le coup au préfet de police lui-même, et s'il eût réussi, dit-il, il voulait sa liberté ! Mais il se mit le doigt dans l'œil et voici comment :

Deux Italiens ayant été arrêtés et mis au secret à la Conciergerie, on invita les détenus à de la réserve. Marchal, qui savait un peu d'italien, frappa à leur porte et lia conversation avec eux. Les malheureux répondirent et il obtient d'eux une lettre. Cette lettre il la fit mettre à la poste ; mais l'adresse était surveillée : On saisit la lettre.

Dans la lettre, il y avait :

— Vous enverrez la réponse chez Mlle Mathieu à Montrouge.

Cela dérouta la police. Comment la lettre avait-elle été mise à la poste ? quel vaste complot était assez puissant pour percer les murailles d'hommes mis au secret, et qu'elle était la fille Mathieu assez audacieuse pour tenir dans ses mais le fil d'une pareille intrigue.

Donc, surveillance à la poste ; survaillance à Montrouge, agents postés à tous les coins de rue; visites extraordinaires, inspecteurs généraux sur les dents ; geoliers ouvrant des yeux comme des lanternes, rondes nocturnes dans les corridors ; on cognait les grilles pour voir si l'une était sciée ; on sondait les murailles de six pieds d'épaisseur... Rien ! rien ! rien !

La mèche s'éventa par la mère Mathieu qui ne savait pas un mot du coup monté par son neveu On interrogea les voisins : seul Marchal savait l'italien et finit par avouer tout au préfet de police :

— Je sais tout, dit-il, mais je voulais avoir la réponse pour vous l'offrir.

Le vieux Pietri tomba de son haut.

Mais cela avait fait du bruit dans landernau, et le préau des voleurs s'émut.

— Tiens, dit l'un, ça ne m'étonne pas que l'avocat bêcheur savait tout : j'avais raconté mon affaire à Marchal ! Mais comment le procureur le savait-il sans que la préfecture en ait eu vent ?

— Ah ! le gueux. Attends nous allons lui faire son affaire.

Les gardiens enttendirent et ne laissèrent pas sortir Marchal. Une heure après, un ordre l'enlevait et le transportait à Sainte-Pélagie.

Cela contraria beaucoup la femme d'un invalide, la petite Madeleine, une couturière que Marchal avait enjolée, et qui venait le voir. Elle pleurait.

—Je travaillerai pour lui, s'écriait-elle, pourvu qu'on me le laisse voir. Je ne viendrai qu'un jour de la semaine. Le reste du temps sera pour sa femme et la vieille X.

On fit comprendre à Marchal qu'il n'aurait bientôt plus qu'*un an* à faire et qu'il fallait se ranger. Il reçut sa vraie femme, et au bout de 4 ans on le lâcha, on était fatigué de lui.

CHAPITRE XIV

Le sobriquet de Bussy fut toute une révélation pour Marchal. Bussy se mit donc à brocanter des ouvrages, à décoiffer des volumes. Il se mit en train d'exploiter la librairie catholique sur un plan complet. Quiconque eût reculé devant *Marchal*, reçût *Bussy* avec des transports. Prenez tous les catalogues, il n'y en a pas un seul qui ne renferme quelque pieux ouvrage sur les jésuites ou les dominicains; il y en a pour les séminaires et pour les nonnes ; tous les saints du paradis y ont passé.

La doctrine catholique n'a pas un plus vigoureux défenseur. Les pères de l'Eglise y sont retapés à neuf, sous un titre plein d'actualité. Il faut bien rajeunir les dogmes : Bussy s'en charge.

Mais il faut que ce nom soit bien usé pour qu'aujourd'hui, à propos d'une misérable querelle du *Figaro*, Marchal ait compromis son nom de Bussy.

Je ne ferai pas la récapitulation de ses œuvres, ce serait trop long. Il a vendu la *Vie de Pie IX* et celle de *Saint Vincent de Paul* deux ou trois fois. Le *Christianisme* et le *Socialisme* a été refondu de trente-six manières ça date de 1850. J'ai revu ces bouquins, retournés et reficelés selon les éditeurs. C'est toujours le *socialisme* et le *christianisme*, le néant des doctrines perverses : Proudhon et son système, Pierre Leroux et sa doctrine, les communistes ; ah ! les communistes, et Garibaldi. Marchal a un tas de vieux journaux, un tas de vieilles proclamations, qu'il travestit, qu'il manipule, avec violence ou avec onction, soit qu'il doive en faire un livre pour Lecoffre ou pour Lebigre-Duquesne.

Quand une idée surgit en librairie, Marchal s'abat dessus. C'est un pillard, un voleur d'idées qui gâte tout. Il apprend, par exemple, que Barnabé Chauvelot recueille les Lettres de Louis XVI : vite il prend des lettres qu'on trouve partout, et en guise de préface, il colle quatre pages sur « les sombres et sanglantes figures des sectaires qui planent sur ce récit. « N'oublions pas les « gredins de 89 », et cet affreux Marat, qu'il pressait avec amour sur son cœur dans son livre de la *Famille d'Orléans*.

La campagne entreprise depuis douze ans par Bussy a été menée rondement, et il a triomphé sur toute la ligne. Il a tout mis en action ; il a usé le prêtre et le riche, et il a été bien secondé par ses compères. Il y en a un dont le nom a retenti devant les tribunaux. C'est Sempé.

Sempé est un pauvre diable qui s'est fait l'éditeur de quelques brochures de Bussy, pour avoir le droit de les vendre et de les colporter lui-même. Il s'entend assez bien au placement.

Accompagné de Marchal, qui a toujours peur qu'on ne lui enlève le magot, Sempé endosse l'habit de jésuite, frappe à la porte des hôtels, se fait annoncer chez les comtes et barons, vante M. de Bussy, recueille les souscriptions et reçoit l'argent. Il faut le dire à sa louange : ils partagent, mais Marchal a le plus gros sac.

Pendant longtemps on les a suivis; ils ont été pincés ensemble, en train de faire chanter je ne sais plus quel personnage qui s'était plaint d'eux.

Sempé a fait un an au moins de prison; Marchal n'a guère fait que trois mois de prévention.

Les couvents reçoivent aussi leur pieuse visite; mais ils donnent peu. On ne prend que leurs recommandations, et cela aide au placement des brochures. Avec quelle onction M. de Bussy n'a-t-il pas fait valoir dernièrement, dans le *Figaro*, les mandements de Nos Seigneurs les Evêques pour recommander au monde catholique les saintes histoires de M. de Bussy. capables d'inculquer la foi à ceux qui n'en ont pas assez.

Sempé est un bon compère. S'il a fait de la prison pour Marchal, cela ne l'a pas guéri. Mouchic est un autre compère aussi dévoué, toujours dans le genre catholique. Sempé est pour l'aristocratie religieuse, Mouchic pour les Prudhomme, les boutiquiers.

Ses dernières « œuvres », je parle depuis sept à huit ans, ont été publiées par Lebigre-Duquesne et d'autres : les plus fameuses sont les *Régicides*, les *Conspirateurs en Angleterre*, les *Philosophes convertis*, les *Philosophes au Pilori*, les *Courtisanes devenues saintes*, et un tas de Dictionnaires découpés dans cette espèce de grossière compilation qu'il a décorée du titre d'Encyclopédie : Dictionnaires d'*Anecdotes*, d'*Art vétérinaire*, d'*Agriculture*, de *Beaux-Arts*, d'*Education*, de *Géographie*, de *Marine*. Nous ne sommes pas au bout. La plus belle de toutes est celle qui porte l'adresse de Sempé : *Sauvons le pape !*

Le pape et le roi de Naples lui ont donné des médailles.

CHAPITRE XV

Les Evêques ont été si souvent refaits par Marchal que je suis surpris de leur longanimité. Il s'impose à eux en quelque sorte par ce simple raisonnement :

Parmi les écrivains catholiques, il n'y a que Veuillot de militant ; ceux de l'*Union* sont des fainéants ; ceux de la *Gazette de France* sont presque hérétiques, et le reste ne vaut pas la peine d'être compté.

Lui, Bussy, est d'arnache. Il y va de la tête et de la queue comme une corneille qui abat des noix ; et puis, que demande-t-il aux Evêques : un simple bout de papier, une recommandation. On soupire et on finit par la lui donner, quoique les Evêques sentent que ce n'est pas ça qu'il leur faut !

Ses moyens, pour les circonvenir, sont, du reste, assez enchevêtrés.

J'ai parlé plus haut de Mme Dailly, une des bienfaitrices de Marchal, ou plutôt de la mère Mathieu, qui s'était fait passer pour une parente éloignée de la bonne dame.

Par la mère Mathieu et par Mme Dailly, de Bussy est arrivé à l'abbé Comte, et, par l'abbé Comte, à l'archevêque de Paris, au cardinal Donnet et aux autres princes de l'Eglise.

L'abbé Comte était le curé de la mère Mathieu à Montrouge; il est aujourd'hui à Saint-Germain-des-Prés. A-t-il, mon Dieu, a-t-il, ce Bussy, assez exploité ce bon vieux curé !

Une des plus lointaines exploitations de Marchal, de ce côté, est la fondation du *Drapeau catholique*, dont le *Siècle* s'est un peu occupé. Sempé en fut le prête-nom, j'allais oublié de le dire.

On s'arrangea pour faire trois ou quatre numéros. On soutira aux pauvres vieux curés de campagne 5 à 6,000 francs d'abonnements : bénéfice net, les 5 ou 6,000 francs. Amen.

Une pareille nature est incapable de reconnaissance, on le conçoit. Dans les partages qu'il fait avec ses compères, il prend le plus gros sac, ai-je dit; il prend souvent tout; et c'est ainsi qu'il a déjà manqué de se faire pincer plus d'une fois. Mais qu'importe.

Si encore, à défaut de reconnnaissance il

n'était pas pourri d'ingratitude !... Mais Marchal ne connaît rien. Cette Mme Dailly a même été l'objet de ses insultes.

Certes, le caractère de cette dame est au-dessus de toute atteinte : mais en trouvant le moyen de l'injurier dans une de ses brochures, Marchal n'a réussi qu'à se couper l'herbe sous le pied.

Mme Dailly a continué de payer les loyers de la tante Mathieu, tout en regrettant qu'elle eût un pareil « coquin de neveu, » et quand la tante a gagné l'âge de ne plus pouvoir payer le médecin, et qu'il a fallu prendre la route de l'hôpital, c'est la veuve du maître de poste qui a payé la voiture pour la conduire en son lieu de repos.

CHAPITRE XVI

Tout à un terme. Nous touchons sans fatigue à celui de cette histoire, et nous n'avons pas cherché pour le bouquet l'histoire la moins jolie ; elle s'est offerte naturellement à nous : C'est de l'actualité.

Nous allons parler de Louise.

Une petite parenthèse, cependant, pour ne pas faire de peine à la femme de Marchal.

Notre héros a un fils, Paul. Il fut précoce; à douze ans, il était homme. Le *bon* exemple de son père en a fait un drôle de sujet. Compagnon de ses orgies, un matin ils se trouvèrent avoir couché tous deux dans la chambre de la même femme, — sans le savoir ! Fermons la parenthèse et tirons le rideau.

Louise, c'est autre chose. C'est la vie dans ce qu'il a de plus complet. Elle n'est pas inconnue, du reste, aux générations artistiques et littéraires du moment. Elle a pris des leçons chez Samson, elle a débuté à Montmartre, elle a voulu se lancer, en un mot ; mais c'était un trop gros paquet. Il a fallu la relever d'un autre côté.

Marchal détérioré, *Bussy* usé, *Sempé* mal vu, il fallait à notre héros un nom tout neuf : un rayon lumineux traversa son cerveau épaissi.

Louise s'appelait *Gueute*, — il travestit le nom et fit *Goethe*. Tout à coup Louise a du talent ; elle est la nièce de Goethe, le grand Allemand, elle a hérité de son génie ; Marchal la pose et la pilote.

La maison Hachette a donné, je crois, dans le panneau. *Louise Goethe* figure parmi les illustratrations contemporaines. Victor Hugo et toute la pleïade se sont empressés de saluer cette nouvelle commère, cette bonne grosse fille aux allures plantureuses : avec ses airs allemands, ce doit être ou plutôt oui, c'est la nièce de Goethe, morbleu ! On lui écrit et les lettres de V. Hugo servent de préfaces, absolument comme les mandements des évêques.

A distance, on peut surprendre Victor Hugo. Mais autour de nous ? Comment, voilà Hachette, voilà Hetzel, voilà Michel Lévy qui s'y laissent prendre ! Eh oui.

Bussy se présente, jabote, enjole ; Louise Goethe ne souffle pas mot, elle reste assise derrière lui. Quand elle n'est pas là, quand Bussy se présente seul :

— Amenez donc Mme Goethe, fait Lévy. Nous nous arrangerons. Est-ce que vous voulez que nous allions jusqu'à la rue Blottière?

Louise fait assez bon ménage avec Bussy ; ils se sont connus autrefois chez une femme de la rue des Vieux-Augustins où Marchal avait une chambre et où quelques hommes de lettres, du *Diogène*, autant qu'il m'en souvient, étaient allés pour lui casser les reins, n'ont pas osé mettre les pieds deux fois.

Louise a préféré son Bussy à tou s autres; il est grognon, mais il l'aime.— Ils s'aiment; ils mènent la vie ensemble sans trop de nuages. Ils demeurent en haut vers Plaisance et Montrouge, dans une retraite mystérieuse, close, où l'on peut se rouler à son aise.

Louise aime aussi la vie au dehors, au grand air. Elle couche quelque fois à la belle étoile, par caprice, par amour de la nature. Il y a tant de rues désertes où l'on ne balaye qu'au matin et où le sergent de ville ne passe pas. Louise n'est dégoutée de rien. Quel écrivain réaliste !

Vous comprenez que quand on a bien dîné, à Malakoff, chez la mère Floquart, et qu'on a pris là quelque bonne culotte, il y a des stations à faire avant de rentrer au logis. On prend des bocks, et les bocks font des moos ; et comme la bière est lourde, et comme elle ne suffit pas pour activer la digestion, on y ajoute une chopine d'absinthe et l'on écrit contre les communistes, les sicaires de 93, à tous ceux qui veulent manger votre bien et vous enlever votre femme. Puis un peu plus loin, près de la porte de Vanves, chez l'ami Mouchic, on fait une pose, on repique la bière et le cognac, on se met à son aise, on se déshabille, on ne connaît plus les sexes, on est chez soi. Le sang pette dans les veines, on se croit sous le tropique, et pour qu'un peu de couleur locale vienne charmer l'aimable société, on demande à la bonne de parler nègre, et comme elle ne le sait pas, on la saoule, on la noircit avec du cirage, et, puisqu'on la paie, c'est à elle de servir la bière absinthée à grands flots, — en sauvage !

Voilà comme on écrit des *Nuits espagnoles* !

Il est temps de rentrer. Ramassons les quilles.

CONCLUSION

Ne vous attendez pas à ce que je vous parle de l'affaire Stamir et de *Impurs du Figaro* :

Je recommencerais la même histoire. Marchal a prouvé une fois de plus qu'il n'a pas de talent, qu'il en a moins que jamais.

C'est un chapitre de plus ; il n'y a que les noms de changés. Il a transposté son quartier général chez Constant ; au milieu des femmes en délire, c'est son affaire. Il a pris Stamir parce que Sempé n'est bon qu'à mettre au rancart. Mais au fond, il n'y a rien de neuf dans la querelle. Marchal a voulu se mêler à la lutte entre le *Fouet* et le *Figaro*; il aurait dû rester tranquille. Quand au *Fi-*

garo, en mettant les pieds dans cette boue il a voulu rire. Moi j'en tremble. Je n'approuve pas Rochefort d'avoir frappé, fût-ce d'une chiquenaude, Rochette parce qu'il imprime Bussy.

Quand on a une vengeancs à tirer il faut réfléchir. Tuer Marchal d'un coup d'épée; fendre la tête à Bussy ne signifierait rien. A la place d'un autre, j'aurais s'implement acheté au Temple de vieilles bottes pour ne pas salir les miennes, ou je l'aurais fait rosser par un domestique.

Quant à moi, j'aime la liberté et je m'en sers. Il n'y a que la vérité qui tue et ceci est la vérité.

Paris.—Imp. G. Towne, rue d'Aboukir, 9.

Lith. Caron, r. St Sauveur, 69.

www.ingramcontent.com/pod-product-compliance
Ingram Content Group UK Ltd.
Pitfield, Milton Keynes, MK11 3LW, UK
UKHW022129260726
13993UKWH00003B/1321

9 782329 128894